그리우면 그리운 대로
살아가겠지

작가마을 시인선 62

그리우면 그리운 대로 살아가겠지

© 2023 박숙자

초판인쇄 | 2023년 11월 15일
초판발행 | 2023년 11월 20일

지 은 이 | 박숙자
펴 낸 이 | 배재경
펴 낸 곳 | 도서출판 작가마을
등   록 | 제 2002-000012호
주   소 | 부산시 중구 대청로141번길 3, 501호(중앙동, 다온빌딩)
        서울시 도봉구 도당로 82(방학1동, 방학사진관 3층)
        T. 051)248-4145, 2598 F. 051)248-0723 E. seepoet@hanmail.net

ISBN 979-11-5606-241-7 03810 정가 10,000원

※ 본 도서는 2023년 부산광역시, 부산문화재단 '부산문화예술지원사업'으로 지원을 받았습니다.

작가마을 시인선 62

그리우면 그리운 대로 살아가겠지

박숙자 시집

 도서출판 작가마을

퇴직을 하고 뒤를 돌아보았더니,
무엇이든 시작이 쉽지 않은 시간에 와 있었다.
여행을 다니면서 나를 인정하는 법을 배우고
받아들이는 방법을 배우면서
살아가는 이야기를 글로 쓰며 행복을 찾았다.
또 다른 길이 주어진다 해도
미리 걱정하고 겁내지 않고 살도록
힘이 되는 글과의 동행,
나와의 대화가
누군가에게도 위로가 되고 싶다.

2023년 겨울
박숙자

작
가
마
을
시
인
선
㉒

제2부

제3부

제4부

작가마을
시 인 선
062

—

그리우면 그리운 대로
살아가겠지

박
숙
자

제1부

기억을 우려내다

맨드라미 차를 마시다
내 유년을 들여다보는 듯 빨갛다
수줍게 우러나와 찻잔 가득
고단한 일상을 벗어나고 싶어
많이도 몸부림쳤는데
지나가는, 어떤 것도 지나가는 걸
그때 알았더라면
내려다보이는 논가의 개망초
송이마다 얹히는 그때는
서글펐던 기억마저 새삼 그리워지는 것은
지금 내가 지나와 있기 때문일까
산 아래 휴카페에 앉아
차를 우려내듯 기억 한편 우려낸다

달다, 귤이

입속으로 고이는 상큼함이 있다
지천에 감귤밭을 만나도
무더기로 버려져도
그곳의 법칙이 있기에
눈으로만 볼 수 있는 맛
길을 걷다 그 맛을 보았다
제주 좁은 골목 그 집 앞 '달다, 귤이'
볼 때마다 이끄는 향기
앞치마 한가득 인심 맛으로 더하고
수시로 단맛이 전달되어
나는 여기저기 그 맛을 퍼 나른다
껍질 벗길 때마다
고단하고 지친 여행길에서
기억할 수 있는 달달한 이야기
당신이 있어 그 길을 걷고 싶어진다

기억은 열 살이다

동짓달 여드레
문고리에 손이 얼어붙는 그 겨울
아버지의 주검을 기억한다
초가집 지붕에 아버지의 옷이 던져지고
요령을 흔들며 용마름 위에서
죽음을 고하는 소리를 들었다
밖에서는 더없는 호인
집에서는 모든 탓
모든 화풀이를 엄마에게 퍼붓는
집으로 돌아오는 모습이 두려웠다
한 살 된 막냇동생을 업고
엄마가 울면 따라 울고
세 살 터울 육 남매 저 어린것들 어찌할꼬
상여꾼들의 장송곡을 들으며
꽃상여 타고 가시며
빚을 남기고 화를 거두어 가셨다
온 산과 들에 까마귀를 부르시고
아버지의 한 같은 울음소리
까ㅡ아ㅡ아악
열 살 어린 나는 온 힘을 다해 까마귀를 쫓았다

밥을 벌다

거가대교를 달리면서
노동의 일상이 시작된다
전화로 문자로
하루의 흐름이 전파되고
더 하고 덜 할 뿐
초침 돌아가듯
가시 돋친 혓바닥에 오늘도 쫓긴다

희끗희끗한 중년의 머리칼
유연하게 흔들리는 억새들이
잘 살 줄 아는
꺾이지 않고 휘어질 줄 아는
직장인, 우리의 모습 같아
위로받으며 길을 달린다

내가 사는 곳
이곳에서 한 끼의 밥이 되고
서늘함을 덮는 옷이 되어
장거리 출근도 감사하고
귀로 듣는 생채기도 잘 견딜 수 있다

하루하루 삶을 마감 짓고

노동의 결과도 마감 짓고
길 위에 놓인 무게로
끝을 향해 달려가고 있는지 모를 일이다

죽도 시장

어디로 가는지 사방 길은 막히고
주차장은 만차다
낯선 곳 여기저기를 기웃거린다
오전이 한참 지났는데도
잠이 덜 깬 듯 조용하더니
풍물패들이 지신밟기로 액운을 털어낸다
갑자기 흥이 오른 시장
골목골목 호객행위
여기를 봐도 홍게, 저기를 봐도 홍게
홍게 잔치가 벌어졌을 때
한 사람이라도 놓치지 않으려 따라붙으며
내장까지 녹아내리는 긴장감
비린 맛이 질펀하다.
목청껏 외치는 왁자한 죽도시장
포항 물회, 가자미, 대게, 과메기
포항을 통째로 맛보는 영혼의 식사
해 저물도록 입씨름 흥정
시장에서 배부른 하루를 채워본다

어울려서 산다

숯불 위에 장어가 익어가고 있다
둘러앉아 먹잇감에 경건한 마음으로 집중
알싸한 마늘같이 쉽게 섞이지 못하는 사람
땡초같이 참을성 없이 쏘는 사람
묵은지처럼 아우르는 사람
겨자에 양파처럼 색다른 애교
거기다 누구에게나 잘 어울리는 겉절이
입안 가득 곁들여 한 쌈
고추장 양념까지 보태면
사람 사는 맛이 올라온다
필요하지 않은 사람이 어디 있을까
거칠고 맵고 알싸한 각자의 몫
행복한 생각만 해도 부족한 세월
거르지 못한 감정선으로 다치고 싶지 않다
긁혀진 심장이 위로받는
장어구이 한 쌈

처음 운전

잠시 멈춘 사이
뒤에서 찍 밀고 가는 차
부딪친 줄도 모르고 간다
어찌해야 할꼬
힘겹게 돌려서 그 자리로 온다
무슨 말을 해야 할지 나도 그 자리
얼마나 많은 시행착오
얼마나 많은 수강료를 치러야 할지
부딪치며 몸으로 배우는 일
처음으로 운전대를 잡는 그녀의 몫
나도 그런 적 있었지
감당도 못 할 외제 차를 뒤에서 박고
내 차보다 더 비싼 수리비를 감당하지 못할 때
죽을힘을 다해 빈 적도 있고
좁은 골목길에 잘못 들어가
계단 타고 내려왔을 때
'이렇게 죽는구나!' 아찔한 순간도 있었지
시작하는 처음이라는 말
세상이 달리 보이는 순간도 있지만
조심조심 살피고 가야 할
꼭 새겨야 할 길 위의 법칙도 있다

꼬투리 속 시간

마루에 앉아
땅콩 씨종자를 깐다
작년 농사에 잘 보관된
옥수수를 깐다
겨우내 얼었던 땅 밑 순들이 움틀 때면
엄마도 일 년 농사를 준비했는데....
부엌에서 점심 준비를 하면
마늘도 까주고, 야채도 다듬어 주며
간도 봐준다
일주일간 있었던 형제들 근황부터
옆집 누군가 아파서 아들 집 간 이야기
친구같이 지내던 할머니가 돌아가셨다는 이야기
수다스럽게 풀어내시며
소일거리로 늘 앉았던 자리
아픈 위로가 되는 함께 했던 시간
봄이 오고 있다
딱딱한 꼬투리, 시간을 거스르며
지금은 내가 까고 있다

화손대에 앉아

제목이 생각나지 않지만
편안히 들었던 클래식 음악이 흐른다
해안가에서 계단을 오르면
사스레피나무 숲길이 나오고
테니스장을 지나면 야자 매트 길
산책을 나온 듯 걸음이 가볍다
참꽃이 봄 길을 서두르고
몇 갈래 갈림길에 서면
숲 사이로 언뜻언뜻 보이는 바다
호수같이 잔잔하다
산길은 주식 등락 그래프
잠깐 정상인가 하더니
줄을 타고, 내려야 할 정도로
가파른 것이 삶의 질곡과 닮았다.
그것이 끝이라면
의지 없이 추락만 하겠지만
끝에서 만나는 너럭바위, 화손대 암석
억겁의 지층 변화를 끌어안고
시간의 온기를 느낀다
보상받는 위로이고 저점에서 만나는 안식
건너다보는 따뜻한 시내 풍경
짭조름한 태고의 맛
그림으로 오늘에 저장하고 짧은 휴식이 아쉽다

이랑 끝에서

이쪽에서 봐도 까마득하고
저쪽에서 봐도 아득한 이랑
밤도깨비 구멍 세다 날 밝았다는
15줄 구멍을 씨앗으로 메꾼다
앉아도 엎드려도 불편한 길이
한나절이 다 가도록 끝이 어딘지
손은 부지런히
한 뼘, 한 뼘 작은 거리가 모여서
한 발 또 한 발 움직임이 된다
산그늘이 밭을 덮었을 때
시간만큼 거짓 없이 옮겨왔다.
돌아보면 사람 사는 것도 다를 게 있을까
얼마나 조바심내면서 살아내는가
주어진 날을 버리지 못하고
그저 오늘을 살다 이만큼 와 있다
구멍 하나하나 놓치지 않고
착실히 메운 내 삶에 토닥토닥
다리 근육이 꽉 뭉쳐
몇 날이나 앓고 괜찮으려나

나를 위하여

오후 시간 갑자기 소란스럽다
잘난 딸들이 엄마 품에 안긴
건강이라는 것들
뺏다시피 도로 가져왔다
부모는 평생 자식을 위해
목 안의 것도 꺼내어 자식을 주지만
그 자식은 제 자식만 알지
치사랑은 알지 못한다
좋다는 게 있으면 자식들 생각
뭐라도 있으면 자식들 주고 싶어 안달을 하는데
엄마는 괜찮다고 말하면 괜찮은 줄로만 안다
좋은 것, 맛있는 것 다 알아도
자식이 힘들까 봐 괜찮다고 하면 그런 줄 안다
늙어 보지 않은 자식은
힘없어지고 할 수 있는 게 없는 줄 알까
조건 없이 막으려는 마음보다
무엇을 원하는지 중심에 서서
헤아려 보는 마음이 있기나 한지
알량한 지식보다
몸이 먼저 알고 경험이 먼저 아는 걸
늙어 봐야 알지
냉정하게 나만 위한 삶으로

나를 위로하는 시간으로
인생 후반부 오로지 나만 위하여

수산 오일장

시골 장날은 입구부터 설렌다
화려한 천막 아래
한 무더기씩 쌓아놓은
갖가지 과일이랑 야채
싸다고 많이 준다고 외친다
쌀 보리 콩을 펼쳐놓은 양곡시장
보리쌀 한 되도 덤이 넘치고
참기름 집에도 고소한 향으로 손님을 부른다
봄날 쑥 팔아 신발 사고
땅두릅 팔아서 갈치 한 마리
손수레에 못다 판 봄 한 무더기
시골 인심 팔아서 공산품으로 바꾼다
이 동네 사람들은 저 동네 안부를 묻던
반가운 인사도 드물다
오일장이 아니더라도 마트가 생기고
마을마다 어른들은 기력이 쇠하여
장날이 장날인지 모르고 산다
가마솥을 걸어놓고 수구레국밥을 팔던 사람도
찐빵을 쪄서 팔던 사람도
빵이요 소리치던 사람도
우리 엄마처럼 사라지고
장날이라도 한적한 시장에서

신발 한 짝 잃어버린 듯한 마음으로
땅콩 한 되 사 들고 돌아온다

내 탓

수도꼭지가 고장 났다
긴 시간 삭아진 밸브지만
싹뚝 자르고 고장 난 지금만 있다
나는 가만히 있다가 불똥이 튀었다
건드린 적도 만진 적도 없지만
화를 받아내야 하는 건
언제부터 익숙한 습관이 된다
그냥 큰소리가 나면 그 소리를 들어야 하고
화풀이하면 당해야 하는 건
언제부터 시작되었던가
나도 모르는 내 잘못이 되어있는
이 시작은 무슨 조화일까
골치 아픈 부스럼 딱지
건드리지 않으려 했던 게 화근이었을까
좋은 게 좋은 성격 탓일까
오늘도 조용히
내일도 별일 없이
지나가기를 천성으로 기대하며 사는
내 탓이다
고장 난 수도꼭지다

파프리카 마을

가야산 숲길 따라 나선다.
골 깊은 절을 두고 오르기에
사람이 살 것 같지 않은 숲만 이어지는 길
물소리가 끝없이 불렀다
넘어진 김에 쉬어간다고 발이라도 담글까
조금 더 조금 더
미로 같은 길의 끌림에 생각도 내려놓고
가보자, 아니면 돌아오면 되지
낯선 길에 들어서도
사는 길 정해진 길만 있었던가
좁은 길에서 마주 오는 차와 마주 선다.
자연인이 살고 있나 싶을 정도로
인적 없는 끊어질 듯한 길 끝
생각하지도 못한 곳에
세상을 벗어나 사는 게 아니고
자연의 호사를 누리고 사는
스마트팜으로 앞서가는
또 다른 세상, 파프리카 마을이 있었다

가불로 산다

계산을 꼼꼼히 하지 않는다
따지고 아끼고 살아도
예상치 못한 구멍은
수시로 당황스럽게 만든다
절대로 안 된다고 해도
손가락은 이미 저지르고
어쩌지 하는 순간에도 또 살고 있고
길라잡이도 없고 해답도 없다
그럼에도 불구하고 살아진다
언제 남아서 썼던 적이 몇번이나 되었나
먼저 당겨서 쓰고
미리 행복해지고
또 구멍은 메꾸고
밑돌 빼서 윗돌 공구고
윗돌 빼서 아랫돌 메꾸고
돌고 돌아서 돈이라 했던가
오늘도 신용카드로 쫘악 긋고
잠시 행복해진다

보이지 않는 손

태풍이 한창인 시간
신호대기로 서 있을 때
한 여자가 횡단보도를 건넌다
태풍이 부니까 비옷을 입었네 했다
다 건너갔나 했는데
뭔가를 줍는지 엎드린다
오수구 망을 막고 있는 쓰레기
맨손으로 꺼낸다
반바지 차림 맨다리 내놓은 걸 봐서는
청소하는 분은 아닌 것 같고
길 가다 쓱 막힌 곳 긁어 주면
도로가 물바다가 되지 않고
거침없이 하수구로 빠져나갈 수 있다.
소통하는 보이지 않는 작은 손이 있어
가래로 막을 일 호미로 막는 일이 된다
꽉 채워서 급히 달리는 자동차 급브레이크
한 바퀴 거꾸로 도는 일을 그녀는 막고 있었다
사는 일에 작은 윤활유
그런 그녀들이 여러 곳에 있었으면
곳곳에서 일어나는
천재나 인재, 안전불감증도 줄어들었으면

작가마을
시 인 선
062

그리우면 그리운 대로
살아가겠지

박
숙
자

제2부

꽃이 환하다

접시꽃은 늘 담장에 기댄다
무게를 견디지 못하는 얼굴
어지러운 듯 기대서 흔들린다
환하게 웃는 엄마 얼굴
참 이쁘다
참 이쁘다고 되뇌던 목소리
바람이 전하고
대문 없던 내 태생의 집 앞에도
그 꽃이 환했다
자식 키우던 젊었던 그 시간이 그리운지
곱다고 되뇌인다

이곳은 삶의 이력이 보인다

누워있는 당신의 손을 잡아보면
눈 끝에서
손가락 마디에서
굽은 등에서
틀어진 다리에서
주름진 미간에서
살아온 이야기가 묻어나온다
남편 일찍 여의고
남겨진 자식들 끌어안고
살려고 발버둥 친 일
무능하고 괴팍한 남편 손에서 벗어나
냉동 공장에서
살이 터지고 근육이 무너지고
한쪽 어깨가 기울고
모진 시집살이에 자식이지만
따뜻하게 한번 품어보지 못해
시린 손발처럼 한이 박혔다
아까운 청춘 가는 줄 모르고 살다 보니
세월은 벌써 여기까지 와 있고
"내가 왜 이렇게 살았을까"
눈물짓는 당신을 보면
틀어진 관절을 보며 한숨지을 때

나는 꼭 안아준다

잘 살았다고, 그 삶이 빛난다고

바람만 남아있네

잡풀에 바람만 드나든다

높았던 윗마당, 아랫마당
시간이 뭉개고 앉아 나지막하고
아래채 헛간 벽에는
버티고 살았던 허리처럼 디스크가 삐죽하다

집으로 이끄는 나무들이
기다리다 기다리다 키가 작아진 집
휑하니 구멍 뚫려 잎도 달지 못하고
마당 끝 여름 그늘이 되었던 버드나무
어디로 갔을까
고집 센 동생이 뙤약볕 아래 한나절을 울고
그 나무에 붙어 매미도 울고
흑백 사진처럼 그대로 남아있는데

해 저물도록 돌아오지 않는 식구들
저녁밥을 안치던 나는
시간 속에 갇힌 흙벽돌 오두막집
기억 속 온기로 뒤뜰 감나무만 그대로네

소나기처럼

덩굴이 가지에 가지로 번져
덤불이 되었다
엄마가 갑갑하다고 나와 앉은 자리
빈자리가 느껴지는지
시나브로 잡풀이 차지하고 있다
"내가 안되겠다
저 풀 좀 뜯어라. 사람 사는데 풀이 우묵해서 되겠나"
몇 번은 불려 가서 뜯었을 텐데
여기저기 빈 자리마다
바람으로 드나드는 목소리
"아이고, 맥문동도 다듬어야 할 텐데"
"마당에 풀이 꽉 찼던데"
지팡이로 곳곳을 훑어보시고
타령처럼 얘기하면
하라는 소리보다 더 무섭다
몸이 안되니까 더 애가 달아
마음만 종종거리다 화를 내는 것도 다반사
여름 장마 습기로 스멀스멀 올라오는 엄마 생각
잡풀을 뜯으며 소나기처럼 세게 때리고 지나간다

고구마 줄기를 다듬으며

초저녁 잠이 쏟아졌다
퇴근 무렵부터 잠을 달고
해치우듯 저녁 정리하는 요즘
쉽지 않은 고구마 줄기를 받아
버려서는 안 된다는 마음의 숙제가 생겼다
바구니 한가득 껍질 벗기는데
왜 엄마 생각이 드는지 모를 일이다
이맘때 쯤 일하다 한 아름 따다가
껍질째 데쳐 금방 무쳐서
보리밥에 비벼 먹으면 참 맛난 한 끼였는데
지금은 해줘도 먹을 사람도 없고
그 맛을 아는 사람이 없다
배고픈 끼니가 그때만의 추억이 되었다
잘 데쳐 엄마가 해준 맛을 찾아볼까
고구마 줄기 김치를 만들어 볼까
고등어 조림에 깔아볼까
엄마처럼 손톱 밑 풀물이 들어도
껍질을 벗기는 동안
엄마와 함께한 듯 따뜻했던 순간이 되어서
시간 가는 줄 모르고 잠도 도망갔다

방아잎 좋아하나

"방아잎 좋아하나?"
"전구지랑 좀 뜯어놨다."
구평 밭에서 갖가지 야채들 봉지 봉지 담아
퇴근길 들러서 가져가라고 전화가 온다
"우리 감자 참 맛있데이"
사람 좋아하는 엄마는 뭐든 있으면 쥐여주신다
나만 주는 게 아니라
가져다주든지 오라고 해서 동네방네 다 챙긴다
먹거리에 진심이라 참기름도 직접 짜고
닭도 길러 계란도 직접
살아내는 일도 최선을 다하여 산다
잘못이 있다면 당신을 돌보지 못하고
손이 닳아 휘도록 살아온 것
왜 그렇게 살았냐고 감히 되물을 것인가
살았던 시간대로 몸이 말하고
몸이 아우성칠 때
참는 법만 알기 때문에 오늘도 참아낸다
성성해진 머리숱, 앙상한 볼
체념처럼 사는 대로 살다 가련다.
세상에 복을 뿌리며
혹여 누가 될까 봐 숨기고 참고만 사는 당신
치부를 드러내고 살아도 부끄럽지 않은 당신
참 품이 넓어 앉은 자리도 큰 엄마입니다

꽃길을 가다

엄마는 차를 타고 다니는 걸 좋아했다
대문 앞에 앉아
누구든 나서는 사람을 따라나선다
집 안은 늘 갑갑하다고
아무 곳이든 가자
제대로 걷지 못해도 그냥 기잔다
옛날 살던 동네
여기저기 오일장
엄마 손이 아팠을 때 약 사러 간 동네
해바라기가 피던 마을
"닭 주려고 감자를 삶았는데
지독한 여편네, 배고픈데 하나 먹으라고 주지"
"그 영감 우리 집 일 참 잘 봐줬는데"
차 안에서 그날들을 돌아보며
크게 웃기도 서러워하기도 많은 감정 토해내며
훌훌 다니면서 긴 세월 풀어내었나 보다
"텔레비전에 보니 이텅이 참 맛있게 보이더라"
밀양 장날 어탕 거리를 준비해서 어탕을 끓이고
"그 집 아구찜이 참 맛있던데" 하면
가는 길에 주문해서 드시고
그게 마지막 효도라던
그게 할 수 있었던 별것 아닌 일이었다

벚꽃 아래 찍었던 사진을 꺼내보며
함께 했던 길을 되짚는다

기러기 떼 날아오르다

아버지 곁으로 엄마가 가셨다. 5개월, 이승과 저승으로 오가는 시름 혼자 하고 계실 때 할 수 있는 게 아무것도 없었다. 사람 좋아하고 이야기 좋아했는데 중환자실 사방 기계로 가둔 숨 막히는 곳 얼마나 외로웠을까? 웃으면서 집을 떠났지만 살아서 돌아오지 못하고 이미 차가워진 손발을 어루만질 수 있을 때, '띠' '띠' 떨어지는 산소 수치를 확인하며 살아생전 마지막으로 부르는 "엄마" 평생 불렀던 만큼 부르고 나니 기계음과 함께 호흡을 끝냈다.

막내가 사무관이 되던 날 아버지한테 가더라도 할 일 다 하고 왔다고 그게 준비였을까? 어떤 이별도 적당한 때란 없다. 고령의 엄마는 큰 수술을 이겨내지 못하고 자식들의 통곡을 들으며 가셨다. 소원하던 대로 아버지 옆에 묻어드리고 돌아섰을 때 아픔 없는 세상 나들이하듯 군무를 이루는 기러기 떼가 날아올랐다.

엄마의 노래

새벽까지 붙들고 싶은 꿈을 잡아본다
희미하게 꿈인 듯 생시인 듯
느껴지는 따듯함
방금 집을 나선 게 아닐까
먹먹함으로 아침을 맞아 밥을 번다
모든 걸 다 놓는다고 돌아올까
서럽도록 운다고 걷어낼 수 있을까
주어진 일상 앞에
습관처럼 또 하루가 지나가고
누군가 불러주는 '수덕사의 여승'
구성진 노래에 속 멍울이 터지고 말았다
나의 엄마가 부르던 그 노래

불을 지피다가

– 엄마를 보내고

불쏘시개로 불씨를 만든다
연기를 휘몰고
바람과 함께 확 타오른다
쏟아지는 연기에 눈이 맵다
그냥 울었다
눈물 속에 봄꽃이 예뻐서 울고
앞산을 보고 있으니, 산이 예뻐서 울고
잡생각을 태우듯이
아궁이 불길이 이무기처럼 차고 나온다
내 몸에서 물처럼 무거운 것들이
울다 보니 빠져나간다
한가로이 봄 타령도 잠시
솥 안에도 뜨거움을 토하며
같이 울고 있다

기억을 벗다

피리 소리로 천상의 신들을 불러 모으고
바라춤으로 법당을 정화한다.
부처님 전
우리 엄마, 가는 길 잃지 않고 밝혀달라고
오체를 바쳐 간절하게 빌고 또 빈다
일곱 일이 일곱 번 지나도록 제를 올리고
살아생전 지은 업장
혹여 모르게 남에게 준 아픔
살생했더라도
영혼을 씻어내고
기억을 모두 씻어낸다고 한다
인연을 모두 거두어
연화무로 위로하고
관세음보살
관세음보살
엄마를 부르듯
하늘까지 닿도록
염불로 함께 하는 날
꽃 배를 타고 황천길 넘어
돌아올 수 없는 먼 길 혼자 가시고
남은 우리는
쉽게 메우지 못할 웅덩이로 기억을 대신하리라

또 다른 나의 얼굴

같은 해 양가 어머니를 다 여의고
아무 일도 없다는 듯 일상을 보냈다
코로나 시기 돌아가신 시어머니
화장 시간이 잡히지 않아
이틀을 안치실에 모셔두고
상 중에도 방실방실 웃으며 일을 하고
친정엄마는 금요일 퇴근 후에 돌아가셔서
부모상 휴가가 필요 없었다
주말에 상주하고 별일 없었다는 듯
일상으로 돌아갔다
슬프든 지쳤든 우울하든
감정을 드러내지 말아야 한다
그것만이 근무, 일이기 때문
개인적인 감정 위에 또 한겹 얼굴
흐트러짐 없고 일관성 있는
용감해지고 씩씩해지는
편안하게 길드는
또 다른 나도 내가 되는 표정

실로암에서

송화가루가 지천을 덮던 날
낯 모르는 어느 여인의 추모관
마음 바닥을 긁고 가는 짧은 생애를 애도했다
눈앞의 자식들 어이 두고 눈을 감았을지
가슴 찢기는 그 마음이 전해져
먹먹함으로 한참 서 있었다
엄마의 끈은 생을 달리해도
영원히 존재하는 자리
생명과도 같은 아들들
엄마 체온을 느끼고 싶어
여기에 모셔두고
생전 모습 대하듯 청첩장도 드리고
사랑한다는 말 대신 짧은 메모로 전하고
체온을 전하듯 어루만지고
애도로 마음을 전하는 이승의 흔적
삶의 길이는 짧다고 해도
참 잘 살다 가신 분이라는 걸
보지 않아도 알듯하다
또 다른 삶으로 떠났다고
그리우면 그리운 대로 살아가야겠지

그립다는 것은

엄마가 계신 외골로 간다
가는 길 엄마의 체취 같은 찔레꽃
온 산을 품어 향기를 풀어낸다
엄마가 가신 지도 벌써 반년
아직 떼가 덜 자라
건드리기가 조심스러워 그냥 눌러놓는다
우리 마음도 그렇다
산 사람은 살아진다고 해도
먹먹한 시간을 기다려야 한다
심은 지 얼마 안 되는 영산홍도
시간을 기다리며 꽃 피우지 못한다
잊어가는 동안 떼가 자라고
떼가 자라면 빈자리 잊혀지려나
아버지 옆이라 엄마는 이제 덜 외로워할까
가시고 첫 어버이날 무덤가에서
서로 가슴에 눈물로 토닥토닥
장미 향을 안고 찔레꽃으로 실아온 우리 엄마
너른 품처럼 지천에 꽃으로 피었다
그리운 엄마 냄새

제3부

봄밤에 젖다

광안대교 위로 차들이 빠르게 달린다
귀갓길 마음처럼 바쁘다
무엇에 홀려 이렇게 바쁘게만 사는가
끝 간 데를 알 수 없으면서 굳이 서두는 것은
오늘도 살아있기 때문
백 년도 안 되는 길을 서둘러 살다
이미 보내드리고
이제 막 보내고
언제 가실지 모르면서 요양병원에 계신 부모님
어떤 게 답일까
보낸 부모는 병중이라도 계시기를
병중인 부모는 해드릴 게 없어
먹먹한 마음, 어떤 위로가 위안이 될까
아픔을 같이 나누는 게 의지가 되는 밤
창가에 벚꽃 살랑대며 웃어도
가슴은 꽃잎에도 베인다

그때는

서른을 채우지 못했던 나이
멋도 아니고 엄청난 이별도 아니고
그저 역마살이라고 쳐 두자
섬진강이 좋아 수도 없이 갔던 길
젊었다는 이유가 견디기 힘들었을까
말도 안 되는 핑계로
강물과 나란히 10리 벚꽃 길을 달렸다
봄에는 매화를 찾아
여름에는 하동포구 솔숲이
가을에는 노상에서 파는 배 맛에
겨울에는 강바닥에서 올라오는 안개에 미쳐서
사계절 못 견디는 몸살을 앓았다
그 후 서른을 더 살고
오래 방치되었던 설렘을 찾아
화개장터에서 매화마을로
상춘객들 사이에 끼어서 차에서 차로 전해지는
느림에 멈추어지는 시간
꽃 같았던 날을 홍매화 한 그루 사서
그때 서 있는 듯
봄을 끌어안고 돌아온다

아침 산책길에서

간밤 나무 사이로 배부른 상현달
배부른 나의 휴식
물소리 매미 소리가 한데 어우르져
제대로 된 여름 안에 잠을 설치고
아침 산책을 나선다
언제 적 여유가 이런 호사였나
어제 그달인지
달맞이꽃 장식 등으로 내걸었다.
여기가 강원도를 말하듯
키 만큼 뻗은 옥수수 붉은 꽃
더덕밭이, 고추밭이 그렇게 넓을 수 없다.
개미마을이라 그런지
이른 아침이라도 일이 한창이다
더운 날씨라 한낮에는 못한다는 주민의 말
한가로운 여행객에게 호박을 건넨다
도시에선 모두가 돈인데 한사코 뿌리치는 인심
사람이 제일 무섭다 해도
사람 속에서 인심이 나고
사람과 부대끼며 살아야 외롭지 않다는 걸
새삼 아침 길을 나서며 깨닫는다

길곡 가는 길

영산에서 부곡을 오다 보면
마을이 있을 것 같지 않고
천문대나 기상청이 있을 것 같은
가파른 오르막길 아래로
마을 하나 있다
산 밑으로 붙은 예쁜 집들
저수지에는 안개가 스멀스멀 오를 것 같다
살고 있는 사람들
정갈한 성품이 보인다
아직 추위가 있는 이른 봄이지만
감나무 전지를 끝내고
묵은 때를 벗겨 목욕한 듯 반질반질
가지들이 가지런히 정돈된 농부의 손길
넓은 들판이 없어도
능선마다 봄이 오고
그냥 지나치기만 해도 쉬어가는 듯한
마루 끝에 앉아 한나절 해바라기한 듯
그림 같은 산으로 둘러싸인 마을
언제일지 모르지만, 주민이 되고 싶다

봄비가 슬픈 날

텐트 위로 빗소리 또각거린다
먼 날 오래전 이야기 불러오듯
마음 깊은 곳에도 봄비가 내리고
물길만큼 깊이 잠긴 마을
망향정 아래서 내려다보면
살았던 기억만 있지
어떤 흔적도 물만 알고 있다
우체국이 있던 자리
학교가 있던 자리
어디쯤 다리를 지나면
감나무 아래 있었던 고향 집
사진 속에만 남아있는 마음 저린 땅
가뭄으로 반쯤 내려간 댐 수위가
아련함으로 내리는 비가 오늘따라 아프다.
아랫목 발바닥 모으고
한 이불 끌어당기며 살았던
두고 온 흙벽돌 나의 옛집이 겹치면서
목 놓아 부르는 망향정에서
바람으로 바람으로 전해지는 날
묵혀둔 빗물로 흘러내린다

가을 끝에는

가을을 쓸어 담는 소리
서늘한 비질
가슴을 긁혀 쓰리다
내게도 빛나던 젊음이 지고 있다
몸으로 알리는 절절함
바람이 되고

나무 사이로 몸을 숨겨 보지만
가을 이상으로 계절을 맞이한 그 분은
싹싹 긁어 가을을 지우고
한 잎마저 들려 나와
이내 수레에 얹힌다

사는 일 마디도
계절처럼 자르듯 마디 지어질까
말끔히 걷어내고
그래도 오늘이 제일 젊음을 위로해야 할까

비질 소리가 눈물이다

편백 숲에서

편백 숲에 누워
잎과 바람이 나누는 이야기를 듣는다
사이로 내리는 햇살
쉼에도 느낌이 있는 법을 배운다
소소한 행복

오르막이 있다고 멈추겠는가
돌밭이 있다고 멈추겠는가
멈출 수 없어져 간다
발끝에 차이는 돌 차버리고
숲보다 나무만 보고 간다
옆으로 난 오솔길 미련도 가져보고
이쯤이면
수시로 안주하고 싶었다
멈추는 법을 잊어 갈 수밖에 없었다.

간간이 스치는 바람조차
온전히 다 느낄 수 있는 순간
비로소 쉼표 하나 찍는다

봄은 또 오고

겨울을 보내는 봄비는
거세게 나무 흔들어 잎을 깨운다
잠자는 봄을 그렇게 깨웠다
새순은 그 틈을 비집고
세상 만물이 시간과 찰나로 주고받으려 한다
시간도 머물고
나도 머물러 있는 듯하지만
조금씩 밀려있지 않나 싶다
긴 순례자 길에 자꾸만 뒤처진다
그들이 굳이 밀지 않아도
나를 거쳐 가고 있다
천천히 둘러 보고 싶어서
굳이 속도를 내지 않는다
기대고 선 숲에 쓰러진 나무
민폐를 끼치고 있는 나 같아
일어나려 몸부림친다
꿈인 듯 허우적거리기만 한다
누르고 있는 한 뼘 땅이 늙음일까
봄이 오면 흙갈이하듯
내 안의 나도 깨워야겠다
고목에 피는 꽃이 아니면
버섯이라도 내 몫이 있어야 하니까

우도에서

바람에 팔랑이는 올레 리본
저만치 앉아서 자꾸만 부른다
장다리꽃에 앉은 나비처럼
또 앞서서 부르고
유채밭에 앉았다
돌담 사이 앉았다
이리저리 신들린 듯 따라 걷는다
사람들이 모이는 곳이 전부인 줄 알고
그곳에서 먹고 놀고 돌아왔는데
떠밀지도 않고 밀어내지도 않고
새로운 길을 조용히 안내한다
발아래 검멀레 해변을 내려보며
낭떠러지 같은 능선 따라 우도봉에 오른다
왼쪽으로는 하늘과 바다가 한편이 되고
오른쪽으로는 말들의 목초지
달력 사진 속 풍경이 여기지 않을까
눈에 다 담을 수 없는 자연의 조화
걸어야만 느끼고 보는 우도의 바람

올레 15

바랑 하나 메고 떠나는 수도승이 된 듯
그저 내어준 길만 따라갔다
사진을 찍어 두는 것도 욕심이다
지표가 되는 리본만 따라
곶자왈도 만나고
바닷길을 만나기도 하며
제주 속살을 만진다
브로콜리밭이 나오면
포기에 비해 얻을 수 있는 게 참 작다
아쉬운 걱정도 하고
미니양배추 적양배추 구분도 지으며
지쳐가는 발걸음 피로를 나눈다
팽나무 정자, 버스정류장
아무 데나 앉아도 풍경이 되는 곳
여행객으로는 볼 수 없고
올레길만 접할 수 있는 제주 방언
돌담 사이 자란 다육식물처럼 정겹다
다음 올레를 기다리는
또 한 달을 사는 기운이다

대지포 전복죽

그리운 날 남해로 간다
미열처럼 찾아오는
뭉근하게 가슴을 데우는 맛
이미 차는 그곳으로 향하고
들어섰을 때 바쁜 점심시간을 넘기고
주인이 식사하다 만 식탁 위에
탐욕이라 해도 좋을 맛깔스러운 김치가 놓여있다
통째로 그 김치를 내어주는 인심에
진심을 먹는다
바닥을 다 보이며 먹어 준다
감기처럼 수시로 앓는 어떤 이별로
온몸으로 번지는 따뜻함이 필요할 때
내장까지 데우는 뜨거움이 필요할 때
대지포 전복죽을 찾으리라

사천 무지개 해변

바다를 끼고 길을 달린다
물이 빠지고
마중 나간 뭍바닥의 여유가 좋다
안락한 의자에 기댄 채
낱알 같은 물 알갱이를 본다
흐르고 있음을 말하듯
한 방향으로 흔들린다
천천히 빠져나간 뒤숭숭한 생각을 밀어내고
안도하는 밀물로 돌아오는 시간
쉽게 인정하고 싶지 않은 성급함
서툴러 버리지 못한 채
온전히 마지막까지 지키던 해가
이제서야 넘어간다
잠시 머물러 내려놓는다

목도 마을

대나무 숲이 마을을 감싸는
길을 따라 집들이 나란히 마주한다
간간이 빈 집이 허물어진 자리
마늘밭이 자리하고
아직 피지 못한 매화 봉우리
젖몸살 앓는지 아프게 붉다
대문간 옆 엄마 개는
갓 태어난 쥐만 한 네 마리 강아지를 품다
마을을 찾은 손님에게 경계 없이 꼬리 친다
조용한 마을에 사람이 그리웠나 보다
집마다 감나무
작년 가을 흔적이 그대로
'툭' 떨어진 홍시 자국이 꼭지로 남았네
문을 걸어둔 집주인은 어디로 갔을까
기다리다 냇물이 먼저 흐르는지
쑥도 나오지 못한 이른 계절
왁자한 아이 소리는 언제였을까
음 소거가 된 듯 바람도 숨죽이는 마을

한재마실

한적한 시골 산언덕에 진달래
잊고 산 어느 시간을 불러오듯
와락 반가워진다
봄을 찾아 나선 길, 미나리 삼겹
비닐하우스마다 비쳐 보이는 안
초록초록 입맛을 돋운다
봄을 찾아 기웃대던 수많은 사람
여기서 찾은 듯 왁자하다
찌지직 찌지직 삼겹살 익는 소리
한가운데 봄빛 미나리가 앉아
제대로 찾은 봄이 되었다
아삭한 미나리 비빔밥에
오래 묵힌 집된장이 무게를 더하고
이렇게도 봄이 되구나!

통영 포구에 앉아서

바당 감성 2층 카페에 앉아
회귀하는 연어처럼 돌아오는 배를 본다
파도 따라 뒤척였던 거친 삶의 비늘들
고단한 항해를 마치고
예인선에 끌려온다

물굽이 요란했던
부부가 길드는 시간
한가운데를 넘어
닻줄에 닳아 생채기로 남은 배

구석진 자리에 앉아
성난 젊음에 할퀸 상처
통영 포구에 내려놓고
빛났던 시간도 내려놓고
예인선에 달려 삶도 돌아본다

남해로 가는 길

비 오는 가을 아침
말랑한 젊은 날의 노래 들으며
그곳으로 떠난다
섬진강 휴게소 로띠번
떠돌아도 허기지던 맛이 조금 채워진다
연무는 산을 붙잡고
라테의 향기 지천으로 번진다.
독일 마을을 지나 언덕배기 시래기 멸치 쌈밥
잘 물러진 무청 시래기
영혼까지 채우는 한 끼다
미조항을 끼고 섬으로 오가는 배들
만선으로 돌아올 누군가의 기다림도 대신하다
겨울비 맞고 더 달아진 시금치 한 소쿠리
사고 싶어도 온 들판 사람 흔적이 없다
유자 향을 따라온 가천다랭이마을
아낙들의 거친 수다가 정겨울 때
노곤한 하루가 기울어지고
많이 보았던 풍경이 아니라 눌러온 나를 만난다

제4부

가슴에 피는 꽃

꽃잎이 졌다
채 피기도 전에 봉오리
어느 아까운 청춘이 시들 듯
예쁘다 하고 보니
스치듯 짧게 가버렸다
누군가 가슴에 스미기도 전
화려함을 다하고
더 애달픈 사랑
또 다른 삶의 세계가 있다면
여기일까
물 위에 다시 피다

전나무 숲을 걷다

맨발로 처음을 읽고 싶었다
밑바닥 작은 소리
놓치고 살았던 고요한 소리
천천히 일깨우며 걷는다
무디어져 가는, 아니 모른 척하고
편하고 좋은 것만 맛보려
불편하고 껄끄러운 것들
눌러놓고 살았던 시간을 돌아보며
내 안 나도 모르고 살고 있는
이기와 맞닥뜨린다.
아니라고 했던 변명이 돌 알갱이로 만나
아프다, 부끄럽다
월정사 물소리 낮아지는 소리
욕심으로 살았던 시간을 씻어내고
오늘이 처음인 듯
내 편함에 누군가가 아프지 않도록 살아보련다

나전역에서

나에게 편지를 쓴다
느린 우편엽서 안부를 물어온다면
여전하다고
또 다른 간이역에서 답했으면
그 시간의 소품들 앞에
"그땐 그랬지"
한 뼘 기울어진 시간에 서서
오늘을 추억하고 있을까
"엽서 받으면 다시 오세요"
역무원의 안내에 기차표를 잘 넣어둔다
또 다른 여행을 준비하고
가야 할 종착역이 어딘 줄 몰라도
간이역에 잠깐 쉬었다
재충전으로 돌아갈 준비를 한다
그때 그 시간이 추억으로 밀려있을 때
오늘 이 시간도
기억 속 옛날 물건처럼 밀려있어도
미루지 않고 열심히 살았던
내가 숨 쉬었던
온전한 날이라고 말하고 싶다

오늘

2층 카페 바람이 팔랑인다
휴일 하루 빛나게 흔들고 가는
비눗방울 가볍다
꽃 무리 위로 휘돌아
아이들 웃음으로 터지는 시간
젊음이 지고 있고
추레한 노인의 굽은 등
슬프게 지고 있다
커피 팥빙수 눈물로 녹는 시간
초콜릿 알갱이 주책없이 씹히고
그래도 걱정 없는 오늘이
참 다행이다

밥이 버거울 때

콩밥을 꼭꼭 씹는다
쌀알 몇 붙여서
그닥 좋아해서 먹는 게 아니다
시작하는 하루가 가끔 버거울 때
몸이 가는 대로 해 볼 요량이지만
피할 수 있으면 피하고 싶어서
어디서부터 시작해 볼까
막연히 앉아서 무의식으로 일단 씹고 본다
천천히 생각을 씹다 보면
엷게나마 길이 보이고
나서보자
욕심이 눈을 멀게 해도
내 것이 아닌 것을 탐내지 말자
주어진 것을 챙기다 보면
그럭저럭 채우며 살아가겠지
꾸역꾸역 많이 먹어야 배부른 줄 알았는데
그게 다가 아닌 줄 나이 들어 알고 보니
생각이 잡히지 않아 콩밥을 씹고 있다

물고기 반지

젊었다는 자체가 눈부시다
실 목걸이를 걸어도 반짝였다
보석으로 덮어도
시간이 퇴색해서 주름진 자리
서랍 속 뭉쳐버려 둔 시간을 꺼내
물고기 반지를 만들었다
자식이 잘된다는
재운이 있다는
다산의 의미가 있다는
모든 게 있다면 좋겠지만
조화로운 두 마리가 예쁘다
물고기의 유영을 하는 것을 보고 있으면
하나씩 샀을 그때의 행복이 살아나며
자꾸만 들여다보아도 참 편하다
새로운 시작점에 서 있는 듯
설레는 검지 위에 물고기

옹이로 남다

출근길 플라타너스 가지가 잘린다
도로 따라 심었던 가로수
키가 자라면서
몽당 빗자루같이 잘린다
이제 막 잎이 나기 시작하는
여름 한낮 그늘이 되어줄 텐데
군에 입대하는 청년들 머리카락 자르듯
스타일 무시하고
자존감 무시하고 댕강 날린다
온몸 옹이가 굳은살로 남았는데
그것도 도시 미관인지 알 수는 없지만
마구 잘라 흉물이 되어도
나무는 또 다른 가지를 뻗어내고 잎을 피운다
그늘을 내어주고
매연으로 뒤덮인 거리를 숨 쉬게 하고
뿌리로 퍼 올리는
하루치만큼의 의지 잘려나가고
속병처럼 옹이가 생긴다

같이 보고

함께 걷는다
아무말 없어도 되고
가끔 사는 얘기도 좋고
주위 풍광이
바다 물색이 예뻐서
카페가 좋아서
이유도 많아서 그냥 걷는다
끝을 내어야 한다면
그것마저 일이 될 수 있다.
바쁜 마음 멈추는 것도 사는 일
욕심 없이 걷다
욕심 없이 먹고
걸음에 사치를 더하고 돌아오면
제대로 된 쉼이 되기에
또 떠나나 보다
떠날 준비를 늘 하고
설렘으로 오늘도 산다

물들이다

거울 앞에 서면
낯선 여인이 있다
웃어 보아도
웃음이 희미하다
잔 세월 숨기려 잘라내어도
또 슬쩍 퇴적되고 마는 흔적
덧바르고 덧발라 눌러본다
누르다 보면
진액으로 하얗게 올라온다
흘리고 싶지 않은
어느 하루의 일기가 길어지면
들키지 않으려 물들인다

내 나이 예순

하루를 담아 나르던 해가
육십 년 산 끝에 걸렸다
아슬아슬 조마조마
모퉁이 돌아가다 만난 길
이끌려 따라가다 보면
강은 윤슬로 꽃 피우고
그대로 피어난 가을 한 무더기 갈대가 되다
모든 것 여기 있음에 함께 흔들리며
따로가 아니라 함께라고 말해주는 길
세월만이 만들 수 있는 너그러움에
쫓기듯 살아온 나의 가을도
여기서 강물처럼 풀어내며
함께 흔들린다

문을 열고 나서다

   - 퇴직하는 날

문밖이 두려워
깜깜함으로 헤맬까 두려워
고리에 매달려 있었다
추락하지 않으려 했었다.

내가 만든, 내가 가둔 세상
놓칠까 조심스러워
장거리 달리기에서
잠시 멈춘다

서른의 한 번 모르고 넘기고
서른의 두 번 치열하게 넘기고
또 하나의 서른 준비 중
온 힘을 다해 살아온 나에게
이제 토닥여 줄 때다

달리기만 할 때
보이지 않던 세상 하나 열리고
제대로 살아볼 때가 아닐까
자, 시작을 위하여
돌아오는 길 잘 보듬었다
또 한 걸음 앞으로 나서는 문

시간의 흔적

엄광산 중턱에서 동서고가로 건너보면
밀려서 더디 가는 차들
바퀴에 맞물리듯
도심으로 떠밀린다

그 안에서 풀어야 할 것들이
날마다
날마다 시작되고
타래를 풀다 풀다
풀 수 있는 시간마저 끝이 난다

혼자서는 할 수 있는 게 아니라서
가끔은 당신 등에 기대고
살아야 할 이유를 만들고
끝나지 않는 긴 시름을 했었다
꾸역꾸역 머리를 들이밀 때는
그렇게도 절박했었나 보다
생존, 살아남으려고
아니 살아내려고 버티었다

치열한 젊음이 끝나고
한적한 산길에서 바라다보는 길

잡아두고 싶었던 시간이
밀려서 떠밀려서 가고 있다

시간을 떠올리다

퇴직과 함께 놓아버린 시간
바람 부는 대로 떠다니는
끈 놓친 풍선
한 올 걸어 올려 떠올린다
그나마 잡고 있는 의지마저 없다면
어디로 날려갈 것 같다

잡으려 했던 그 모든 것이
무엇이었을까
아무것도, 아무도 채근하지 않는 시간

무너지는 나도 한 코
타래타래 엉키는 생각도 한 코
뭐라도 잡아야 서게 되는 마음 한 코
떠올리다 보면
조각이 맞추어지고
무너지는 나도 붙잡는 뜨개질

불이 켜진다

정관 시내가 내려다보이는 언덕
어둠이 내리면 불이 켜진다
사람들은 헛헛한 마음인지 빵을 사 들고
해가 지면서 바쁘게 서둘러야 하는
이유 하나씩 내려놓으며 자유로워진다
소유하지는 못해도 여기저기 늘어놓은 공간들
숨죽이지 않고 조금 크게 웃어도
포크 소리를 조금 크게 내어도 되는
주변을 보지 않아도 되는 편안함을 빌렸다
가끔 툭 무너져 내리려 할 때
별다른 말 없이 이렇게 앉아만 있어도
든든한 네가 있어서
풀어지지 않는 숙제들도
든든한 네가 있어서
네 맘, 내 맘 그렇게 기대고 살다
저녁 등불 켜주는 의지로 살아내자

혼자 되뇌는 말

낮 동안 할 말을 거르다 보니
자꾸만 말을 속에 넣어 둔다
말로 까칠한 관계를 만들고 싶지 않아
또 입을 다문다
평생 자신도 못 다스리는데
다른 사람을 바꾸기가 쉽지 않아
피하다 피하다 구석으로 몰려
어쩌지 못하면
놓아서 버리면 될까
어이없다는 혼잣말
습관처럼 또 털어버리고 산다
알 수 없는 벽창호인지
혼자만의 생각에 갇혀 열리지 않는 문 앞에
수시로 부딪혀 무너지고
이끄는 것도 아니고 시키는 것도 아니라
그 길이 어디로 놓였는지 종잡을 수 없어
밤새 구린내 나는 욕을 참는다
또 하루 시작
구석구석 까맣던 어제를 칫솔로 닦아낸다

쉬다

고양이 쭈~욱 기지개 켜는
한적한 정원
볕이 기울고 바람이 골목으로 휘돈다
정갈한 장독대
어느 식탁 이야기 끓고 있을 따뜻함
나름의 거리를 두고
자리를 지키는 나무가 되어 어울림을 만든다
아이비와 담쟁이 선을 넘지 않는 담을 이루고
손수 끓인 대추차 한 잔에
쫓기듯 사는 일상을 내려놓고
쪽마루 한 켠 숨 고르는 시간
누군가 방금 앉았다 간 듯
온기가 등을 쓸어주며 마음을 놓게 한다

염치가 없네, 잡풀

풀섶 여기저기 누워있는 노각을
바구니에 걷어오다
무성히 자라난 잡풀을 뜯었다
열무가 자라던 자리
벌레 습격으로 실체는 줄기만 남고
잡풀이 온통 차지해 버렸다
비 온 뒤 날씨가 더워지자
말쑥하게 양복 입고
텔레비전 뉴스에 등장해서
뭐가 잘못인지 모르는 화제의 인물
모습이 닮아서 거칠게 풀을 뜯는다
버젓이 농작물인 듯 하도 잘 자라 있어
순간 멈칫했다. 나도 모르는 약초인가
풀도 독기를 품어내며 손을 할퀸다
서로의 영역을 치지 하려는
잡풀과 농작물과의 세 다툼
끝없는 도돌이표 무한 노동 시골일
흘린 땀방울이 열매가 되었으면
까짓꺼 또 뜯고 또 뜯고 이겨보지 뭐

바람이 거칠 때

시퍼렇다 못해 검은 바다에
갈매기 날개 같은 파도가 인다
자기의 화를 주체할 수 없어 거칠게 울고
바람은 자꾸 부추기지만
바다는 절망처럼 육지를 오르다 만다
거친 성남이 요즘 젊은이 같다
해도 해도 뜻대로 되지 않고
같이 허덕이는 욕망 앞에
무너지고 마는 안타까운 청춘
마음대로 되지 않는다고
혼자만 폭삭 망할 수 없어
감당할 수 없는 감정을 휘두르고
묻지마 폭행 누구를 탓하랴
어디서부터 어긋나 있었을까
지나가는 바람으로 잠시 흘려보내면 어떨까
격한 감정도 잠시 내려놓고
하늘 한번 올려보고
솔잎 사이로 보는 하늘
걸러서 보면서 거친 감정도 걸러보자

작가마을
시 인 선
062

그리우면 그리운 대로
살아가겠지

박
숙
자

시집해설

존재의 자리, 과거와 현재를
넘나드는 길의 언어

김정수(시인)

존재의 자리,
과거와 현재를 넘나드는 길의 언어

김정수(시인)

> 그 시간 자체가 황금빛 날들의 추억이 되기 시작했다.
>
> — 아니 에르노

사람은 각자 시계 하나씩 가지고 태어난다. 탄생의 순간부터 돌아가기 시작하는 이 생체 시계는 그 사람이 죽어야만 작동을 멈춘다. 시침이나 분침, 초침 대신 일 년에 한 칸씩 움직이는 연침이 달려 있다. 그러니까 이 시계가 한 바퀴 돌아가는 데 걸리는 시간은 60년. 아주 느리게, 혹은 빠르게 시곗바늘이 움직이는 동안 삶의 장면들이 생겨났다가 사라진다. 시간이 지남에 따라 점차 흐려진다. 지극히 평범한 일상의 기억은 경험했는지조차 알 수 없을 만큼 생성되면서 망각한다. 하지만 어떤 기억은 그 자체로 각인되거나 잊기 위해 노력한 탓에 오히려 더 선명하게 남아 있다. 세월의 갈피에 저장된 기억은 주변의 환기나 추억이 깃든 장소 방문 등의 계기로 다시 수면 위로 올라온다. 아니 에르노는 "모든 것은 눈 깜짝할 사이에 지워질 것"(『세월』, 1984Books.

2022)이라며 "침묵이 흐를 것이고 어떤 단어로도 말할 수 없게 될 것"이라고 했다. "입을 열어도 '나는'도, '나'도, 아무 말도 나오지 않을 것"이라 했다. 그러는 사이에 언어는 계속해서 세상에 단어를 내놓을 것이고, 종국에는 이름도, 얼굴도 잊힌다 했다. 시곗바늘이 한 바퀴 돌아 다시 '0'(예순)에 서 있는 박숙자 시인은 첫 시집 『그 여름의 별자리를 만나다』(2020, 작가마을)에 이어 3년 만에 세상에 새로운 단어(두 번째 시집, 『그리우면 그리운 대로 살아가겠지』)를 상재한다. 등단(2005년 《부산시인》) 15년 만에 내놓은 첫 시집이 치열한 일상과 소소한 가족사, '새로운 길'에 대한 고민을 담고 있다면 두 번째 시집은 생활전선에서 물러나 나와 주위를 돌아보는 반성과 지난 삶이 녹아 있는 공간을 찾아 기억을 더듬는, 한결 농밀한 시적 완성도를 보여준다. 하지만 새로운 길 위에 서 있는 시인은 "무엇이든 시작이 쉽지 않은 시간"(이하 '시인의 말')임을 고백한다. 시인이 선택한 길은 '여행'과 "살아가는 이야기를 글"로 쓰는 것이다. 시인은 "나와의 대화"가 나뿐만 아니라 다른 누군가에게도 위로가 되기를 희망한다. 시인의 말처럼 이번 시집은 '나를 찾는 여행'과 잊히는 것들에 대한 회상(그리움), 삶과 죽음의 존재론에 천착한다. 시인의 새로운 여정에 발을 맞춰보자.

하루를 담아 나르던 해가
육십 년 산 끝에 걸렸다
아슬아슬 조마조마
모퉁이 돌아가다 만난 길

이끌려 따라가다 보면

강은 윤슬로 꽃 피우고

그대로 피어난 가을 한 무더기 갈대가 되다

모든 것 여기 있음에 함께 흔들리며

따로가 아니라 함께라고 말해주는 길

세월만이 만들 수 있는 너그러움에

쫓기듯 살아온 나의 가을도

여기서 강물처럼 풀어내며

함께 흔들린다

– 「내 나이 예순」 전문

한 편의 시가 환기하고 촉발하는 서정의 세계는 능히 시집 전체를 대변하기도 한다. 이 시는 60년 세월의 삶의 문양을 몸과 마음에 새기고, 문양을 불러내 성찰한다는 점에서 자화상이라 할 수 있다. 시인은 세세한 기억을 끄집어내지는 않지만, "아슬아슬 조마조마"한 순간들과 "쫓기며 살아온" 날들을 '해'와 '가을' 같은 자연 상관물에 기대 표현하고 있다. 시인은 늦은 오후에 홀로 산책에 나선다. "모퉁이 돌아가다 만난 길"이라는 것으로 보아 '익숙한 길'이 아닌 여행 중에 만난 '낯선 길'인 듯하다. 낯선 길이라 했지만, 그곳에 강이 있다는 것을 사전에 인지했기에 그리 낯선 길만은 아니다. 그 길 끝에는 "한 무더기 갈대"와 "윤슬로 꽃 피우"는 강이 흐른다. 갈대는 "여기 있음에 함께 흔들리"고, 강물은 물과 물이 합류해 시인이 서 있는 지점을 지나고 있다. 흔들리는 갈대와 흐르는 강물 앞에 선 시인은 너

그리워지는 자아를 발견한다. 나이 예순은 사계절 중 가을, 24시간 중 늦은 오후, 물의 순환으로 보면 강에 해당한다. 시인은 실제로 혹은 의도적으로 시의 배경과 공간을 설정해 '나를 찾는 여행'의 산책을 통해 보여주는 치밀함을 보여준다. 혼자만의 산책은 흐트러진 생각과 감정을 추스를 수 있는 시간이면서 가장 나다운, 나를 내 편으로 인식할 수 있는 성찰의 시간이다. 또한 바람이 불면 갈대처럼 "함께 흔들"릴 수 있는 여유와 풀어놓는 이야기를 다 받아들이는 강물처럼 넉넉한 마음을 품을 수 있다. 더 나아가 도도하게 흐르는 강물처럼 여생을 시인으로 살아가겠다는 다짐이라 해도 무방하다.

문밖이 두려워
깜깜함으로 헤맬까 두려워
고리에 매달려 있었다
추락하지 않으려 했었다.

내가 만든, 내가 가둔 세상
놓칠까 조심스러워
장거리 달리기에서
잠시 멈춘다.

서른의 한 번 모르고 넘기고
서른의 두 번 치열하게 넘기고
또 하나의 서른 준비 중

온 힘을 다해 살아온 나에게
이제 토닥여 줄 때다.

달리기만 할 때
보이지 않던 세상 하나 열리고
제대로 살아볼 때가 아닐까
자, 시작을 위하여
돌아오는 길 잘 보듬었다
또 한 걸음 앞으로 나서는 문

                    - 「문을 열고 나서다 - 퇴직하는 날」 전문

퇴직과 함께 놓아버린 시간
바람 부는 대로 떠다니는
끈 놓친 풍선
한 올 걸어 올려 떠올린다
그나마 잡고 있는 의지마저 없다면
어디로 날려갈 것 같다

잡으려 했던 그 모든 것이
무엇이었을까
아무것도, 아무도 채근하지 않는 시간

무너지는 나도 한 코
타래타래 엉키는 생각도 한 코
뭐라도 잡아야 서게 되는 마음 한 코

떠올리다 보면

조각이 맞추어지고

무너지는 나도 붙잡는 뜨개질

— 「시간을 떠올리다」 전문

   첫 번째 인용시는 부제에서 언급한 것처럼 퇴직과 그 이후의 삶에 대한 두려움을 다루고 있다. 이쪽 세상에서 저쪽 세상의 문을 열고 나올 때 두려운 이유는 문밖에 어떤 세상이 펼쳐질지 모르기 때문이다. 기본적으로 두려움의 정서는 '존재의 불안'에서 기인한다. 살아 있지만 이런 상태가 영원한 것이 아니라는 사실, 한 번도 경험해보지 못한 죽음이라는 불확실의 세계에 대한 불안이다. 퇴직 이후 불확실한 삶도 마찬가지다. 하나의 삶이 닫히고, 또 다른 삶이 열린다. 퇴직은 삶의 단절이면서 연결이다. 기존에 쌓아온 것들과의 단절은 불안과 공포를 유발한다. 현재의 삶이 그대로 이어진다는 보장도 없다. "내가 만든, 내가 가둔 세상"을 놓치고 아득히 추락할까 봐, 캄캄한 상태로 "헤맬까 두려"운 건 지극히 보편적인 감정이다. 흔히 인생을 장거리 달리기에 비유하는데, 쉼 없이 달려온 시인도 이를 부정하지는 않는다. 퇴직에 이르러 달리기를 멈추고 잠시 다리쉼을 한다. '잠시'지만 한 자리에 머문다는 것은 몸과 마음의 휴식 이상으로 생각에 잠긴다는 것이다. 생각은 과거로 시곗바늘을 되돌린다. 단숨에 서른까지 되돌리고서야 "온 힘을 다해" 사느라 "서른"을 아무것도 모른 채 넘기고, 또 "서른의 두 번", 즉 예순을 치열하게 넘겼음을 깨닫는다. 아니

어쩌면 삶의 전환점에서 세세한 삶의 편린을 끄집어내기 싫었을 수도 있다. 이 순간이 중요한 것은 '과거'가 "또 하나의 서른을 준비 중"인 '현재'에 해당하기 때문이다. 시인은 반성이나 성찰 대신 나 자신을 "토닥여" 주고, 새로운 시작을 다짐한다. "잠시 멈"춰 생각을 정리한 후에야 불확실한 미지의 문을 열고 나선다.

깊게 생각하고, 마음을 다잡아도 은퇴 후의 삶은 만만찮다. 건강과 경제력뿐 아니라 갑자기 늘어난 시간의 여유를 어떻게 활용하느냐도 중요하다. 은퇴 후의 시간은 생각보다 길다. 문을 열고 밖으로 나선 시인은 자신의 의지와 상관없이 "바람 부는 대로 떠다니는" 풍선을 떠올린다. 그렇게 허공을 떠다니다 바람이 빠지면 풍선은 지상으로 추락한다. 목적 없는 삶의 말로다. 그런 삶을 살지 않으려면 남은 생을 무엇을 하며 살 것인지 미리 정하고 대비해야 한다. 점차 "무너지는" 듯한 마음에 시인은 자문한다. 지금까지 "잡으려 했던 그 모든 것"은 무엇이었을까. 생각은 엉켜 쉽게 답을 찾지 못한다. 무언가라도 잡고 싶은 마음이 앞선다. 뇌교육 창시자 이승헌은 『나는 120살까지 살기로 했다』(한문화, 2017)에서 "인생을 고통으로 만들 것인가, 예술로 만들 것인가? 그것은 오로지 자신의 선택에 달려 있다. 자기의 진정한 가치를 더 높이고 귀중하게 만드는 것은 자기만이 할 수 있다. 영혼의 완성이라는 목표를 갖고 매일 창조하는 삶을 사는 사람이 바로 인생의 진정한 예술가"라고 했다. 시인이 잡은 것은 "서랍 속 뭉쳐버린 시간을 꺼내/ 물고기 반지"(「물고기 반지」) 같은 시를 쓰는 것과 젊은 날 먹고사

는 일로 미처 하지 못한 여행이다. 서랍 속에서 꺼낸 시간
은 가족(특히 엄마)에 대한 그리움을 시로 승화시켰다. 여행
또한 몸과 마음에 위안을 주려는 것인지, 시를 위한 것인지
구분할 수 없을 만큼 시와 여행은 한 몸처럼 밀접한 관계에
놓여 있다. 그렇게 한 코 한 코 삶의 조각들이 맞춰지고 있
다.

　　잡풀에 바람만 드나든다

　　높았던 윗마당, 아랫마당
　　시간이 뭉개고 앉아 나지막하고
　　아래채 헛간 벽에는
　　버티고 살았던 허리처럼 디스크가 삐죽하다

　　집으로 이끄는 나무들이
　　기다리다 기다리다 키가 작아진 집
　　휑하니 구멍 뚫려 잎도 달지 못하고
　　마당 끝 여름 그늘이 되었던 버드나무
　　어디로 갔을까
　　고집 센 동생이 뙤약볕 아래 한나절을 울고
　　그 나무에 붙어 매미도 울고
　　흑백 사진처럼 그대로 남아 있는데

　　해 저물도록 돌아오지 않는 식구들
　　저녁밥을 안치던 나는

시간 속에 갇힌 흙벽돌 오두막집
기억 속 온기로 뒤뜰 감나무만 그대로네

— 「바람만 남아있네」 전문

덩굴이 가지에 가지로 번져
덤불이 되었다
엄마가 갑갑하다고 나와 앉은 자리
빈자리가 느껴지는지
시나브로 잡풀이 차지하고 있다
"내가 안 되겠다
저 풀 좀 뜯어라. 사람 사는데 풀이 우묵해서 되겠나"
몇 번은 불려 가서 뜯었을 텐데
여기저기 빈 자리마다
바람으로 드나드는 목소리
"아이고, 맥문동도 다듬어야 할 텐데"
"마당에 풀이 꽉 찼던데"
지팡이로 곳곳을 훑어보시고
타령처럼 얘기하면
하라는 소리보다 더 무섭다
몸이 안 되니까 더 애가 달아
마음만 종종거리다 화를 내는 것도 다반사
여름 장마 습기로 스멀스멀 올라오는 엄마 생각
잡풀을 뜯으며 소나기처럼 세게 때리고 지나간다

— 「소나기처럼」 전문

여행과 엄마의 접점은 고향 생가生家 방문이다. 내가 나고 자란 곳으로 떠나는 여행은 '그리운 공간'에 퇴색하고 농축된 삶의 흔적을 더듬는 일이다. 시인은 "대문 없던 내 태생의 집 앞에"(『꽃이 환하다』)서 있다. 일찍이 정지용이 「고향」에서 "고향에 고향에 돌아와도/ 그리던 고향은 아니러뇨" 노래했듯이, 식구들의 추억이 서린 생가는 폐가와 다름없다. 한때 아늑하고 따스한, 생명의 집은 축축하고 삭막한 생기 잃은 집으로 변했다. 이런 변화의 시작은 아버지의 죽음이다. "동짓달 여드레"(『기억은 열 살이다』)에 아버지가 돌아가시고 "헛간에 짐자전거만 남았"(『자전거만 남았네』, 첫 시집)다가 엄마마저 외골 "아버지 옆"(『그립다는 것은』)에 묻히자 돌보는 사람 없는 생가는 점점 폐가가 되어갔을 것이다. 잡풀 우거진 폐가엔 "바람만 드나"들고, "아래채 헛간 벽"은 허물어져 간다. "고집 센 동생이 뙤약볕 아래 한나절을 울"던 마당 끝 버드나무는 사라지고, "뒤뜰 감나무만" 방문객을 반긴다. 점차 무너져 가는 생가를 찾은 시인의 쓸쓸한 시선을 따라가다 보면, 왠지 "해 저물도록 돌아오지 않는 식구들"이 시간의 문을 열고 나올 것만 같다.

한때 평온과 휴식의 공간이었던 고향집은 이미 잡풀의 차지가 되었다. 관리하는 사람이 사라지자 집을 "잡풀이 온통 차지해"(『염치가 없네, 잡풀』) 버린다. 시인은 연어가 모천을 거슬러 오르듯, 고향을 찾는다. 아니 되돌아온다. 고향으로의 회귀는 불안으로 촉발된 불확실성과 삶의 존재 확인이면서 새로운 모색을 위한 다짐이면서 기점이다. 폐허가된 생가에 서면 기억과 상상은 분리되지 않고, 하나로 합쳐져 공간에 얽힌 더 많은 과거를 끄집어내려 한다. 하나로 합쳐진 기억과 상상은 흑백 사진으로 떠 오르고, 기억의 갈피에 저장되어 있던 흑백 이미지는 어둠 속에 빛이 비치듯 움직임, 즉 영상으로 재생된다. 인용시 「소나기처럼」에서 "엄마가 갑갑하다고 나와 앉은 자리"에 대한 기억은 "저 풀 좀 뜯어라", "아이고, 맥문동도 다듬어야 할 텐데", "마당에 풀이 꽉 찼던데"와 같이 영화의 한 장면처럼 재생된다. 물론 이런 시적 확장은 엄마가 앉아 있던 자리를 차지한 잡풀에 의한 연상작용의 효과다. "잡풀과 농작물과의 세 다툼"(「염치가 없네, 잡풀」)에서 인간은 당연히 농작물의 편을 든다. 마당이라는 비어 있는 공간과 엄마가 앉아 있던 자리에 난 잡풀은 엄마 생각을 더 간절하게 하면서도 엄마의 부재를 실감하게 해주는 사물이다. 또한 잡풀은 엄마 자리를 대신할 수 없으므로 이를 제거함으로써, 그 빈 자리에 엄마에 대한 기억과 상상이 영원히 존재하기를 염원한다. 침묵하는 공간에 엄마의 음성을 채워 넣는다.

> 엄마의 끈은 생을 달리해도
> 영원히 존재하는 자리
>
> ─「실로암에서」 부분

> 혹여 누가 될까 봐 숨기고 참고만 사는 당신
> 치부를 드러내고 살아도 부끄럽지 않은 당신
> 참 품이 넓어 앉은 자리도 큰 엄마입니다
>
> ─「방아잎 좋아하나」 부분

엄마라는 존재는 단순히 엄마가 아니라 하나의 세계다. 그런 세계는 기억과 공간에서 사라지지 않고 영원히 존재한다. 시인에게 엄마가 앉았던 자리는 단순히 기억 속에 존재하는 곳이 아니라 "영원히 존재하는", 절대 가치를 지닌 공간이다. 시인은 그런 소중한 자리를 잡풀이 차지하는 걸 용납하지 않는다. 잡풀을 제거해 사라져 가던 세계를 복원한다. 여러 가지가 섞인 잡雜의 세계에서 엄마라는 순수원형을 지키려 한다. 잡풀을 뽑아내며 마음속의 잡념도 내려놓는다. 시인은 마음속에 존재하는 영원한 세계와 경험의 공간을 복원함으로써 자신이 그 자리에 앉을 수 있는 토대를 마련한다. 이는 생물학적 나이를 떠나 정신적으로도 엄마의 위치에 도달했음을 의미한다. 시인의 엄마가 그랬듯, 시인도 "혹여 누가 될까 봐 숨기고 참고만" 살고, "치부를 드러내고 살아도 부끄럽지 않은" 삶을 살겠다는 다짐이다. 하여 "참 품이 넓"은 엄마가 더 그립다.

> 환하게 웃는 엄마 얼굴
> 참 이쁘다
>
> – 「꽃이 환하다」 부분

> 바구니 한가득 껍질 벗기는데
> 왜 엄마 생각이 드는지 모를 일이다
>
> – 「고구마 줄기를 다듬으며」 부분

> 구성진 노래에 속 멍울이 터지고 말았다

나의 엄마가 부르던 그 노래

– 「엄마의 노래」 부분

겨우내 얼었던 땅 밑 순들이 움틀 때면
엄마도 일 년 농사를 준비했는데…

– 「꼬투리 속 시간」 부분

엄마에 대한 기억(추억) 속으로 떠나는 여행은 외롭고 쓸쓸하다. 특정한 사물과 공간, 관계 속에 엄마가 존재한다. 특히 세월이 흘러 조건 없이 희생하던 엄마를 인식하고 이해할 수 있는 나이가 되자 엄마에 대한 그리움은 한결 더 깊어진다. 시인에게 엄마의 존재는 기억의 화수분과 같다. 담장에 기댄 접시꽃을 보다가, 바구니 한가득 고구마 줄기를 벗기다가, 누군가 불러주는 엄마의 애창곡을 듣다가, 마루에 앉아 땅콩 종자를 까다가 수시로 엄마에 대한 기억을 소환한다. 아니 멈추지 않고 끊임없이 흘러나온다. "왜 엄마 생각이 드는지 모를 일"이란 표현은 아니 에르노가 말한 "존재한다는 것은 목이 마르지 않아도 마시는 것"(앞의 책)을 연상하게 한다. 시인의 마음속에 존재하는 엄마는 그리워하지 않아도 그리운 것이다. 늘 그 자리에 존재한다. 한데 시인이 엄마를 그리워하면 할수록 왠지 외로움을 더 느낀다. 엄마와 같은 자리(혹은 위치)에 가까울수록 외로움의 농도는 더 짙어진다.

오후 시간 갑자기 소란스럽다

잘난 딸들이 엄마 품에 안긴

건강이라는 것들

뺏다시피 도로 가져왔다

부모는 평생 자식을 위해

목 안의 것도 꺼내어 자식을 주지만

그 자식은 제 자식만 알지

치사랑은 알지 못한다

좋다는 게 있으면 자식들 생각

뭐라도 있으면 자식들 주고 싶어 안달을 하는데

엄마는 괜찮다고 말하면 괜찮은 줄로만 안다

좋은 것, 맛있는 것 다 알아도

자식이 힘들까 봐 괜찮다고 하면 그런 줄 안다

늙어 보지 않은 자식은

힘없어지고 할 수 있는 게 없는 줄 알까

조건 없이 막으려는 마음보다

무엇을 원하는지 중심에 서서

헤아려 보는 마음이 있기나 한지

알량한 지식보다

몸이 먼저 알고 경험이 먼저 아는 걸

늙어 봐야 알지

냉정하게 나만 위한 삶으로

나를 위로하는 시간으로

인생 후반부 오로지 나만 위하여

-「나를 위하여」 전문

위에서 언급한 시들이 엄마에 대한 그리움을 담고 있다면 이 시는 '엄마의 자리'에서의 소회를 다루고 있다. 누군가의 딸, 누군가의 아내 그리고 누군가의 엄마로 살면서 "제 자식만" 알고 살았는데, "치사랑은 알지 못"하는 자식에 대해 서운한 감정을 숨기지 않는다. 시인은 첫 시집에서 자식들을 소소한 일상에 대한 시 몇 편(「우리는 방학 중」, 「일기장 속의 하루」, 「나는 엄마다」, 「세월이 내게 안긴다 —아들, 대천천의 아이들」)을 선보였지만, 두 번째 시집에서는 "나를 위로하는 시간으로/ 인생 후반부 오로지 나만 위하여" 살겠다는 의지를 드러내듯, 가족을 시적 대상화하지 않고 있다. "늙어 보지 않은 자식"은 힘이 없어 하고 싶은 것도 못 하는 줄 알고 막으려 한다. "괜찮다"는 말의 함의와 한쪽에 치우치지 말고 "중심에 서서" 마음을 헤아리지 못하는 서운함이 묻어난다. "알량한 지식"은 삶의 지혜를 따라가지 못한다. 시인은 "소란" 대신 침묵을 선택한다. 소란은 '세상 바깥'에, 침묵은 '세상 안'에 나를 두는 것이다. 세상으로 열린 문을 닫고 내면의 소리에 귀를 기울이는 것이다. 관계의 틈과 거리의 소원함을 여행으로 채우므로 그 여행은 오로지 나를 위한, 나와 대화하는 시간이다.

    편백 숲에 누워
    잎과 바람이 나누는 이야기를 듣는다
    사이로 내리는 햇살
    쉼에도 느낌이 있는 법을 배운다
    소소한 행복

〉

오르막이 있다고 멈추겠는가
돌밭이 있다고 멈추겠는가
멈출 수 없어져 간다.
발끝에 차이는 돌 차버리고
숲보다 나무만 보고 간다
옆으로 난 오솔길 미련도 가져보고
이쯤이면
수시로 안주하고 싶었다
멈추는 법을 잊어 갈 수밖에 없었다.

간간이 스치는 바람조차
온전히 다 느낄 수 있는 순간
비로소 쉼표 하나 찍는다.

― 「편백 숲에서」 전문

맨드라미 차를 마시다
내 유년을 들여다보는 듯 빨갛다
수줍게 우러나와 찻잔 가득
고단한 일상을 벗어나고 싶어
많이도 몸부림쳤는데
지나가는, 어떤 것도 지나가는 걸
그때 알았더라면
내려다보이는 논가의 개망초
송이마다 얹히는 그때는

서글펐던 기억마저 새삼 그리워지는 것은

지금 내가 지나와 있기 때문일까

산 아래 휴카페에 앉아

차를 우려내듯 기억 한편 우려낸다

－「기억을 우려내다」 전문

　시인에게 여행은 "내 안의 나"(이하 「봄은 또 오고」)를 깨우는 "긴 순례자(의) 길"이다. 원래 순례의 길은 멀고 험하지만, 시인이 걷는 길은 일상에서 벗어난 "글과의 동행"('시인의 말') 인지라 고행이 아닌 사색이다. 길 위에 서야 오히려 고독하지 않다. 자유로워진다. 하지만 길 위를 걷는 동안에도 "빛나던 젊음이 지고"(「가을 끝에는」) 있다. "날마다 시작"(이하 「시간의 흔적」)되지만, 언젠가 끝이 난다. 시간과 생명의 유한성을 인식한 시인은 "풀어야 할 것들"이 있음을 깨닫는다. 하루라도 젊을 때 떠나 '낯섦'을 경험해야 한다. 시인은 삶의 근거지인 부산을 시작으로 거가대교를 지나 거제, 통영, 남해, 사천, 하동, 창녕과 동해를 거슬러 올라 경북 울진 죽도시장과 강원도 오대산 월정사, 정선 나전역까지 올라간다. 또 제주 올레길을 걷고 우도에 이른 시인은 "떠밀지도 않고 밀어내지도 않"(이하 「우도에서」)는 "새로운 길"에서 마음의 고요를 찾는다.

　편백 숲에 든 시인은 "소소한 행복"을 느낀다. 한적하다 못해 적막하다. 편백 숲에 누운 시인은 가만히 "잎과 바람이 나누는 이야기"를 듣고 있다. 숲속 깊이 스민 햇살에 마음이 따스해진다. "쉼에서 느낌"을 배운 시인은 인생의 오르막과 거친 길을 생각한다. 지금의 여유와 행복은 쉼 없이 오르막을 오른, 포기하지 않고 거친 삶을 헤쳐온 결과물이다. 쉽게 얻은 것이 아니다. 시인은 느닷없이 "발끝에 차이는 돌"을 차버리겠다 선언한다. 길 위의 돌을 그대로 두거나 피해 가지 않고 발로 차는 행위는 삶 앞에 놓인 장애물을 정면 돌파하겠다는 의지의 표현이다. 숲에 들어 숲보다 나무를 보는 건, 어쩌면 당연하다. 아니 살면서 숲을 볼 만큼 여유가 없었을지도 모른다. "옆으로 난 오솔길"에 대한 미련과 길가에 주저앉아 다리쉼을 하고 싶을 때마다 자신을 채찍질했을 것이다. 퇴직과 더불어 가족 생계의 책임에서 벗어난 지금 "비로소 쉼표 하나 찍는다".

여행길에서의 차 한 잔은 또 다른 삶의 쉼표라 할 수 있다. 통영 "바당 감성 2층 카페"(『통영 포구에 앉아서』)에서 차를 마시는 동안 "하루(가) 빛나게 흔들려"(『오늘』) 흘러간다. 특히 "산 아래 휴카페"에서 마시는 맨드라미 차는 유년의 기억을 소환한다. 시인이 자꾸 과거로 기억 회로를 되돌리는 것은 "고단한 일상"을 벗어나려 "많이도 몸부림"친 기억 때문이다. 어렸을 때는 몰랐던, 예순의 나이에 이르러서야 비로소 "어떤 것도 지나"간다는 걸 실감한다. 하지만 그 시절을 지나오지 않았다면 지금의 여유도 없을 것이다. 당연히 과거가 있어야만 현재가 존재한다. 맨드라미 차로 유발된 기억은 그것이 어떠하든 그리운 법이다. 시인은 빨갛게 우러난 "기억 한 편"을 마신다.

거울 앞에 서면

낯선 여인이 있다

– 「물들이다」 부분

여행을 마치고 돌아와 거울을 본다. 거기 "낯선 여인"이 마주 보고 있다. 내가 웃으면 따라 웃고, 울면 따라 운다. 어색하거나 부끄럽거나, 표정이 바뀔 때마다 따라 한다. 세월도 숨길 수 없다. 얼굴에 퇴적된 흔적도 그대로 드러난다. 거울 속의 나처럼 시는 시인을 닮는다. 내가 자꾸 낯설어야…. 익숙한 길에서 벗어나 가보지 않은 오솔길을 걷는 "낯선" 시인의 모습을 그려본다.

작가마을 시인선

작가마을 시인선